EX
LIBRIS

Himmlisch weltliche Bilderbögen №4

Bisher einziges Buch mit einem Vorwort in Rauchzeichen

Verlegt bei Claudius in München

WANTED
for poaching
1000 $
Reward
WANTED
poaching

Werner Küstenmacher's

EWIGE JAGDGRÜNDE

Die Deutsche Bibliothek – CIP-Einheitsaufnahme

Küstenmacher, Werner:
[Himmlische Bilderbögen]
Der himmlischen Bilderbögen ... Teil / [Werner Tiki
Küstenmacher]. – München : Claudius.
Teilw. u. d. T.: Küstenmacher, Werner: Ach, du lieber Himmel. –
No. 4 u. d. T.: Küstenmacher, Werner: Himmlisch-weltliche Bilderbögen
NE: Küstenmacher, Werner: Ach, du lieber Himmel; Küstenmacher,
Werner: Himmlisch-weltliche Bilderbögen; AST

No. 4. Werner Küstenmachers ewige Jagdgründe :
[bisher einziges Buch mit einem Vorwort in Rauchzeichen]. –
7. Aufl. – 1998
ISBN 3-532-62075-8

7. Auflage 1998

80636 München, Birkerstraße 22

Druck: gwd Hans Venus GmbH, München

ISBN 3-532-62075-8

Anstelle von einem

VORWORT

drucken wir hier erstmals die berühmte Rede des Häuptlings Seattle im Originaltext ab.

*
*
*
HUGH, ICH HABE GESPROCHEN.

*) Bei diesen Stellen ist strittig, ob es sich um spätere Hinzufügungen handelt.

Für einige Themen aus dem Bereich Zeit und Ewigkeit ist die Schonzeit vorbei. Aus guten Gründen wird in diesem Buch auf sie Jagd gemacht. Um dem Leser die Pirsch zu erleichtern, findet er sie in alphabetischer Reihenfolge auf der nachstehenden

ABSCHUSSLISTE

Zum Thema . . .	findet sich der Bilderbogen namens . . .	auf den Seiten . . .
Arbeitnehmer	Der Traum vom Dritten Weg	38 und 39
Bibel	. . . aber bitte mit Bibel	60 und 61
Computer	HighTech Tschörtsch	12 und 13
Computer	»Was heißt da, er kümmere sich nicht . . .«	27
DDR	»Da gibt's doch wirklich welche . . .«	42
Diakonie	Diakonie der Zukunft	40 und 41
Ernährung	Seid furchtsam und nähret euch	24 und 25
Fasching	»Na hört mal – euer Herr . . .«	54
Fastenzeit	»Nein danke, in der Fastenzeit . . .«	55
Fernsehgottesdienste	»Unterhaltsam sind sie ja jetzt . . .«	15
Frauen	»Kirche« ist weiblich	16 und 17
Fromme	Patentierte Dauerchristen	48 und 49
Gehörlose	Hörhilfen	58 und 59
Gemeindeaufbau	Schöne Neue Kirche	32 und 33
Gentechnologie	Schöpfer auf eigene Faust	44 und 45
Gottesdienst	Höhepunkte der Gottesdienstkultur	14 und 15
Handwerk	Handwerk hat frommen Boden	30 und 31
Heilpraktiker	»Nein, lieber was aus dem hinteren . . .«	20
Heilung	»Du Kleingläubiger! Traust du . . .«	43
Heilung	»Kann der Heilige Geist . . .«	43
Horoskope	»Wir wollten mal wieder . . .«	21
Hunger	»Gott wird schon wissen . . .«	49
Indianer	Mose, Matthäus, Manitu	8 und 9
Kindergarten	Lasset die Kinder zu mir kommen	50 und 51
Kirchenjahr	Randnotizen zum Kirchenjahr	54 und 55
Kirchenvorstandswahl	Gottes Listenplätze	46 und 47
Männer	Der neue Mann	18 und 19
Mission	Hoppla, die Missionierten kommen	28 und 29
Mission	Missions-Erfolge	26 und 27
Moslems	»Also momentan habe ich große . . .«	26
Neujahr	»Mal wieder völlig überladen«	54
New Age	Ätsch, New Age	20 und 21
Okkultismus	»Ach, mach halt mit! Ist doch nur . . .«	20
Pfarrgemeinderatswahl	Gottes Listenplätze	46 und 47
Predigt	»Es wird Zeit, daß endlich . . .«	15
Predigt	»Und das Ganze mit einer . . . Zwiebel . . .«	14
Presbyteriumswahl	Gottes Listenplätze	46 und 47
Psychologie	TheraPiPaPo	22 und 23
Schule	Glaube, Gott und gute Noten	52 und 53
Seelenwanderung	»Warum . . . in religiösen Dingen . . .«	21
Spenden	»Das Geld ist da – jetzt müssen . . .«	42
Spielen	Gottes Spielplatz	34 und 35
Straßenverkehr	Der breite und der schmale Weg	36 und 37
Versöhnung	»Lasset uns Dank sagen für die . . .«	14
Weihnachten	Au weia, Weihnacht!	56 und 57
Weihnachten	»Das hast du nun von deinen . . .«	55
Weltuntergang	»Na also, endlich . . .«	49
Werbung	Kirche, produzier dich!	10 und 11

MOSE, MATTHÄUS, MANITU

DIE HEIMLICHE LIEBE DER CHRISTEN ZU DEN INDIANERN, ZU DEN BÄUMEN UND ÜBERHAUPT: EIN STREIFZUG IN HEIDNISCHE SPHÄREN.

Gute Ideen führ meine Religijohn

Bereits Mose studierte frühzeitig heidnisches Gedankengut . . .

JOSEF, WIR ZIEHEN HEIM – BEVOR DIESE COMICS UNS DEN BUBEN VERDERBEN

. . . wie auch Jesus seine erste Lebensphase in Ägypten verbrachte.

BEI DEN ALTEN GÖTTERN GAB'S WENIGSTENS WAS ZU FUTTERN

Nach der Flucht aus Ägypten ging beim Mosevolk die Liebe oft durch den Magen . . .

ÄH, OHNE UNSERE VERSTÖSSE WÄREN DEINE TAFELN DOCH ÜBERFLÜSSIG
10 GEBOTE

. . . und die heidnische Subkultur drängte immer wieder nach oben.

10 GRÜNDE, kein Fleisch zu essen
Hormone

(Parallelen zur Gegenwart sind rein zufällig)

„VERKAUFE ALLES, WAS DU HAST" SAGTE ER. KOMISCH – BEI ALLEN GURUS GEHT'S UM'S GELD

Auch Jesus enttäuschte reiche Gold- und Geldanbeter . . .

EIN GLÜCK, DA KOMMT NOCH WAS FARBIGES. DIE WERDEN MEIN AUFMACHER
MATTHÄUS EVANGELIUM

. . . obwohl sich schon bei seiner Geburt heidnische Astrologen einfanden.

PASSIONSSPIELE OBERAMMERGAU
SEIT WIR ALS ZUGABE "WINNETOUS TOD" SPIELEN, ERREICHEN WIR AUCH WIEDER DIE DEUTSCHEN INTELLEKTUELLEN

Wer die indianerartige Naturverbundenheit eines Volkes anspricht, kann auch in christlichen Kreisen beachtliche Erfolge erzielen . . .

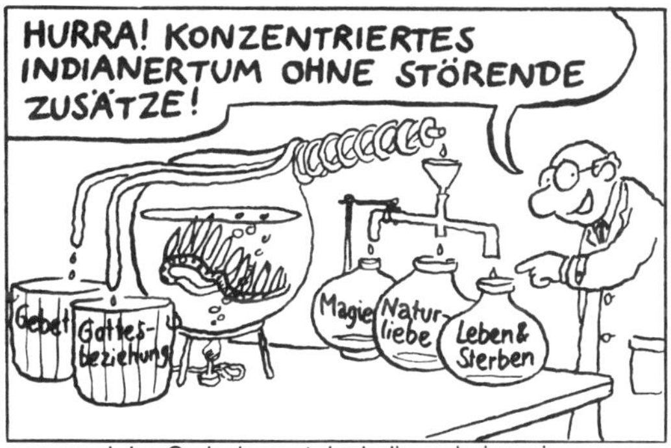
HURRA! KONZENTRIERTES INDIANERTUM OHNE STÖRENDE ZUSÄTZE!
Gebet
Gottes-beziehung
Magie
Natur-liebe
Leben & Sterben

. . . zumal das Gedankengut der Indianer bei uns in konzentrierter Form angeboten wird . . .

DER VORDERGRUND IST GUT, ABER DAS DA HINTEN SOLLTEN SIE WEGRÄUMEN
Weisheit der Zigeuner
BIBEL

. . . und auch andere esoterische Traditionen gern ausschnittweise gezeigt werden.

LE WALDSTERBEN ISSI UNE TRÉS DEUTSCHE PROBLEM
France
Allemagne

Ausländer wissen, daß die Deutschen seit Urzeiten ihren Wald besonders wichtig nehmen . . .

SOLL WOHL SEIN ZEICHEN FÜR GESPALTENE ZUNGE VON WEISSEM MANN

. . . und was werden erst die Indianer von uns denken?

ANZEIGEN!

Kirche, produzier dich!

Die Werbeagentur Krea-Tief zeigt in Briefings und Scribbeln einen dynamischen Media-Mix für das – zugegebenermaßen – schwierige Werbeprodukt Kirche.

Wohin Sie auch kommen KIRCHE ist schon da.
Kirche verbindet

Zentral zeigen: Das Gemeinschaftserlebnis.

Die Perfektion.

Markenwert schaffen und den Wert der Marke liften.

Black is beautiful
Mach den Gottesdienst-Test. Jetzt!

Aufweichen negativer Klischees (z. B. das Farbfeeling)

Cirche®

Riesenproblem: Ein unverwechselbares Logo und ein schicker Name in zeitgemäßer Schreibweise fehlen.

Come to Church Country
Sunday Service
light oder extra long
ER LANDESBISCHOF WARNT: DAS RAUCHEN WÄHREND DES
OTTESDIENSTES IST VERBOTEN.

m emotionalen Image muß noch gefeilt werden

Die Bank, die Ihr Vertrauen verdient

Auch mal den direkten approach wagen!

Mit dem weißen Band
ler Sympathie

n Bekanntes anknüpfen.

3 Glocken statt Nudeln
Ihre Kirche
Jeden Sonntag frisch.

Konkret und dennoch bildhaft einladen.

Vorsprung durch Segen
Kirche quattro
St. Matthäus-Markus-Lukas-Johannes

en überlegenen Produktvorteil herausarbeiten und das
rodukt entsprechend optisch aufwerten.

Mehr als nur ein Haus. Gottes Haus.
Kirche plus
Tiki

Wichtig: Den Mehrwert vermitteln. Denn das Eigentliche ist nicht visualisierbar.

HIGHTECH Tschörtsch

Eine Reportage über die neuesten technischen Entwicklungen in den Pfarrämtern und ihre umwälzenden Auswirkungen.

SEIEN SIE BERUHIGT, ER IST LÄNGST KEIN HEIMCOMPUTER MEHR
AT Mega TURBO

Ängste, daß der Pfarrer durch den Computer ersetzt wird . . .

HACH, ICH FINDE ES TOLL, WENN EIN PFARRER AUCH ETWAS VON TECHNIK VERSTEHT!

. . . erweisen sich bei näherem Hinsehen als unbegründet.

JETZT HABEN SIE MIR SCHON WIEDER ZUM 140. GEBURTSTAG GRATULIERT!

Das Irren etwa wird in jedem Fall menschlich bleiben . . .

TOLL, NICHT WAHR? DAS MACHT UNSER KAPUTTER LASER-DRUCKER

. . . und technische Fehler müssen eines gewissen Reizes nicht entbehren.

VIELEN DANK FÜR DIE SCHALLSCHUTZ-HAUBE, HERR PASTOR!

Computerdrucker fallen durch unangenehme Geräusche auf . . .

HERR PFARRER SAGT IMMER, MAN MUSS ALLES POSITIV SEHEN
SIRRR
SIRRR

. . . und die eingebauten Lüfter werden nur von wenigen geschätzt.

MOMENT, DAS IST SICHER WIEDER AUS ROM...
DATEX-P online connect

Neue Techniken wie etwa die Datenfernübertragung . . .

VERFLIXT. DIESER HACKER-PFARRER WAR SCHON WIEDER IN UNSEREM RECHNER
NATO
Friede auf Erden!
LIEBET EURE FEINDE
PERSHING II
MATTHÄUS 5-7
Peace!

. . . eröffnen neue missionarische Chancen.

WAHNSINN! UND DAS HABEN SIE ALLES GELESEN?
CD-ROM

Neue Speichermedien verblüffen durch ihr Fassungsvermögen . . .

ICH FÜRCHTE, MEINE AUSFÜHRUNGEN ÜBERFORDERN IHREN HAUPTSPEICHER
fides quae
fides qua
1517
CHRISTOLOGIA
-exterior
prima
secunda
-interior

. . . und die Computersprache wird sogar in die Theologenausbildung einfließen.

ER HAT UNS FINANZIELL ETWAS BELASTET – ABER DEUTSCHES QUALITÄTSPRODUKT!

Im direkten Vergleich der Geräte . . .

WIR IMPORTIEREN ALLES AUS TAIWAN – IRRE BILLIG!

. . . gibt es gewaltige Preisunterschiede.

ES GAB ZEITEN, DA HATTEST DU MICH AUF DEM SCHOSS!

Tragbare Computer erfreuen sich zunehmender Beliebtheit . . .

ICH SEH' SCHON, SIE KOMMEN VON DER GROSS-EDV
Halleluja-Rechen-zentrum

. . . dennoch werden im kirchlichen Bereich wohl die Großrechenanlagen dominieren.

Höhepunkte der Gottesdienstkultur

»Lasset uns Dank sagen für die versöhnende Kraft des Evangeliums.«

». . . und das Ganze mit einer grob gewürfelten Zwiebel eine halbe Stunde auf kleiner Flamme kochen lassen – doch ich schweife ab . . .«

»Es wird Zeit, daß endlich jemand was gegen seine langweiligen Predigten tut.«

RUHE!

»Unterhaltsam sind sie ja jetzt, aber irgend etwas fehlt mir doch bei diesen neuen Fernsehgottesdiensten.«

"Kirche" ist weiblich

und andere erstaunliche Entdeckungen

Zur Klarstellung: Natürlich wäre ohne Männer von Anfang an nichts gegangen . . .

FRAUENBUCHLADEN
Ich darf hier nicht hinein
Papst
LUTHER
BIBEL
die THEOLOGIE
CHAUVI-BÜCHER zum halben Preis

. . . aber es wäre dann auch nie so weit gekommen wie heute.

DAS WICHTIGSTE AN DER KIRCHE WAR SCHON IMMER WEIBLICH
Die Religion
Die Hierarchie
Die Kirchensteuer

Die Kirche ist mitten in einem Prozeß des Umdenkens . . .

WIR DACHTEN ABER, UNS SOLLTE EINE, ÄH, RICHTIGE PFARRERIN TRAUEN

. . . und der Veränderung alter Gewohnheiten.

DA SOLLTE DOCH EIGENTLICH AUCH JEDER DRITTE OBERKIRCHENRAT...
EKD-Statistik bis 2015

Bald wird jeder dritte Pfarrer eine Frau sein . . .

UNMÖGLICH! MIT EINER PFARRERIN VERHEIRATET, WEIGERT SICH ABER, HAUSMANN ZU SEIN

. . . und jeder den gleichen Anforderungen gegenüberstehen.

ICH DARF SIE VORHER ROUTINE-MÄSSIG NOCH ZUR HORMON-UNTERSUCHUNG BITTEN...
Wir stellen ei
Arbeits-vertrag

Obwohl es Frauen auf dem Arbeitsmarkt nach wie vor schwer haben . . .

KONSERVATIV? ACH WAS, DAS IST EIN RAT UNSERES FAMILIENTHERAPEUTEN

. . . sind die Familienstrukturen gewaltig im Umbruch.

ABER VIELLEICHT GIBT ES DOCH AUCH MAL EINE UNGEEIGNETE FRAU?
Wir suchen: GEMEINDE-LEITER nötige Qualifikation: weiblich

Auch in der Kirche wird viel nachgedacht . . .

WIESO? ICH FINDE IHRE ARGUMENTE ÜBERZEUGEND
SYNODE
frauenfeindliche Karikatur Achtung!

. . . und gegenseitig der Dialog gesucht.

ABER MIR IST SO, ALS GÄBE ES AUCH IM CHRISTLICHEN GLAUBEN EINE MUTTERFIGUR
Weltgebetstag Vorbereitungs-ausschuß
INDIANISC WEISHEIT Häuptling Seattle

Obwohl das Tempo des Umdenkens zuweilen nachläßt . . .

FRÜHER WAR ICH JA EHER EIN GEGNER DER GENTECHNOLOGIE

. . . eröffnet die Zukunft ungeahnte Möglichkeiten . . .

1. Weltgebetstag der Männer 1997
WIR HALTEN DAS FÜR EINE REINE ALIBI-VERANSTALTUNG

. . . und die Kirche wird sicher ein wichtiges Feld der Auseinandersetzung bleiben.

DER NEUE MANN

Eine maskuline Dokumentation über den neuen Trend innerhalb und außerhalb der Kirche

TYPISCH. DIE MÄNNER SIND ALLE WEG

In der Bibel geben die Männer an der entscheidenden Stelle eine schwache Figur ab . . .

VON WEGEN! FÜR JEDE SIEBEN JAHRE GESCHUFTET!
LEA
RAHEL

. . . ansonsten finden sich dort aber alle Spielarten: Jakob der Eroberer . . .

A WAS! DIESE FEMINISTIN MIT IHRER SCHERE HAT MICH GESCHAFFT

. . . Samson der Macho . . .

SCHLECHT FÜR MEIN IMAGE? PAH, SEIT DER GOLIATH-STORY BIN ICH V.I.P.!

. . . David der Pascha . . .

FRISCHE HEUSCHRECKEN (ungespritzt)
WILDHONIG (unverstrahlt)
Abenteuer-Meditation in der Wüste ←
NATUR-BELASSENE KAMELHAAR-KAFTANS
Holistische Wasser-Therapie (Körper + Seele)

. . . oder Johannes der Alternative . . .

UND ICH DARF ABER WIEDER AUF DEN KUSCHELPLATZ!

. . . bzw. Johannes der Softie.

SIE PUBLIZIERT UNTER DEM PSEUDONYM JESAJA

Fraglich bleibt, ob es wirklich immer nur Männer waren . . .

PAULUS SCHREIBT AN DIE GALATER: "HIER IST WEDER MANN NOCH FRAU"

. . . und ob mancher die Bibel nicht allzu wörtlich nimmt.

DAS REICH GOTTES IST VOLLER POWER WIE MEIN 16-VENTILER TURBO MIT ALUFELGEN
BOSS

Das neue Männlichkeitsbewußtsein äußert sich in kleinen Symbolen . . .

WOW! OHRRINGE IN DEN LITURGISCHEN FARBEN!

. . . bei beiden Konfessionen.

OH IHR MÄNNER: KEINE EIGENEN IDEEN!

Starke Impulse kommen aus der Frauenbewegung . . .

MÄNNER-BUCHLADEN
SEX SHOP

. . . doch oft ist alles nur Etikettenschwindel.

ER HAT GELERNT, SEINEN GEFÜHLEN STETS FREIEN LAUF ZU LASSEN
Spenden im Mai 87:
DM 26,-

Erfahrungen aus allerlei Therapiegruppen tragen erste Früchte . . .

ER MACHT SICH DOCH NUR AN DIE OBERKIRCHENRÄTIN HERAN, UM KARRIERE ZU MACHEN

. . . und langfristig darf man sich auf eine Auflösung gewohnter Muster gefaßt machen.

Ätsch, New Age

Hirten-täschel
Arnika
Ringel-blumen-salbe
Kamille
Christlicher Heilpraktiker
ECHINACEA
BLUT-EGEL
Linden-blüten-tee
HOMÖO-PATHIE
Waden-wickel
AKUPUNKTUR
Chemo fortissimo
FALIUM
Sulfo-namix
CORTI-SON 1000mg
POWER-ASPIRIN
STRAHLIUM Psycho-pharm
Anti-biotix extra stark
MEGA-CILLIN FORTE

»Nein, lieber was aus dem hinteren Schrank – das hier ist doch New Age!«

»Ach, mach halt mit! Ist doch nur ein bißchen okkultistische Spielerei.«

HOROS-KOPE
AFRICA-EUROPE-TOURS

»Wir wollten mal wieder richtige Heiden sehen.«

BRASILIEN
Kreta
HAWAII
Neuseeland
URLAUB
URLAUB
URLAUB
BAYERN-URLAUB
MALLORCA
Ägypten
KENIA
Finnland
russischer WODKA
DANISH COOKIES
TANZANIA TEE
CHINA
Die INDISCHE SEELEN-WANDERUNG
ZEN-Buddhismus
Koran
HINDUISMUS
ITALY
Mouskouri
BEATLES
Stevie Wonder
JAPAN
Holland
KOREA
U.S.A. Software
Philippines
Made in Taiwan
SWISS MADE
Eau de Parfum FRANCAIS
SWEDEN Design

»Warum soll ich ausgerechnet in religiösen Dingen was Einheimisches nehmen?«

THERAPIPAPO

*Dem Therapieboom kann sich auch die Kirche nicht entziehen.
Eine tiefenpsychologische Reportage*

MANCHE LEUTE SIND NACH EINEM SEELSORGEGESPRÄCH WIE VERWANDELT

Es war schon immer ein Anliegen der Pastoren . . .

ICH HATTE MIR UNTER „SEELENWANDERUNG" WAS ANDERES VORGESTELLT

. . . sich um ihre »Seelen« zu kümmern.

Geistliches Therapie-Wochenende
FRÜHER NANNTEN WIR ES GOTTESDIENST. DA KAM KAUM EINER

Dies findet zunehmend in neuen Formen statt . . .

DAS IST DOCH NUR UNSER KREIS „EMOTIONSZENTRIERTE KÖRPER-INTERAKTION"

. . . die zuweilen etwas gewöhnungsbedürftig sind.

BEI IHM WERDEN DIE TIEFENDIMENSIONEN DER BIBEL RICHTIG LEBENDIG

Mit Hilfe der Tiefenpsychologie erschließen
sich neue Schichten der Heiligen Schrift . . .

WIR BEFINDEN UNS JETZT IN DEN TIEFEN IHRES UNTERBEWUSSTSEINS...

. . . und der menschlichen Seele.

WIR WOLLEN MAL DAS FORMEN, WAS UNS BELASTET...
LANDES KIRCHEN AMT
TONEN

...UND UNS DAVON BEFREIEN

Kreative Angebote erschließen . . .

. . . überraschende Wege zur Konfliktverarbeitung.

ICH GEHE NIRGENDS MEHR HIN OHNE MEINEN THERAPEUTEN

Im großen Angebot der Therapieformen finden kirchliche . . .

Bibelzentrierte Rollentherapie
NEIN, NICHT SCHON WIEDER ALS EVA!
JOHA NNES

. . . und biblische Lösungen zunehmend Anerkennung.

NICHT VERRATEN: ES IST ÜBERALL DIESELBE DRIN
NEU! Die Bibel für jeden die richtige!
Bibel für WIDDER
Bibel für STIERE
Bibel für ZWILLINGE
Bibel für KREBSE
Bibel für LÖWEN
Bibel für WAAGEN
Bibel SKORPIONE
Bibel für SCHÜTZEN
Verlag

Noch viele Möglichkeiten bietet auch der Buchmarkt . . .

ER IST DER AUTOR DES BUCHS "DIE WUCHT DES POSITIVEN DENKENS"

. . . auf dem eine beängstigende Vielfalt an Lebenshilfe herrscht.

DU HAST DEIN LÖFFELCHEN SINN NOCH NICHT GENOMMEN
2008 10. März

Doch Fragen bleiben: Was kommt nach dem Therapieboom?

LIEBER GOTT, WENN ES DICH GIBT – RETTE MEINE SEELE, FALLS ICH EINE HABE

Und: Wer hilft denen, die sogar an den Grundvoraussetzungen zweifeln?

Seid furchtsam und nähret euch

Mehr oder weniger gesunde Ernährung ist auch in kirchlichen Kreisen ein Thema

PREDIGEN'S RECHT LANG, DAMIT DIE LEUT' AN GSCHEITEN DURST BEKOMMEN
Zur Post

Das traditionell gute Verhältnis von Kirche und Gastronomie . . .

ALLES MUSS MAN JETZT SELBER MACHEN
GEMEINDEFEST
Mit Eintopf
Kirchen-kaffee

. . . ist auch nicht mehr das, was es mal war.

GANZ BESTIMMT? VOR TSCHERNOBYL GEBACKEN?

Das Bewußtsein für gesunde Ernährung wächst . . .

INDUSTRIEZUCKER? WOLLEN SIE MICH UMBRINGEN!?

. . . was Gastfreundschaft nicht immer erleichtert.

SCHNELL, ESST – BEVOR ES AUS DER MODE KOMMT

Während sich manche gern auf neue Trends einstellen . . .

ICH BIN EBEN EIN ÜBERZEUGTER NICHT-VEGETARIER

. . . bleiben viele sehr bewußt beim alten.

fast food
Schnellrestaurant
GANZ SCHÖN SCHNELL, GELL ?!
FIXFRITES
FIXBURGER
FIXFRASS
PUSH

Fremdländische Ernährungsgewohnheiten sind nicht unbedingt gesund . . .

ZUCKERVERGIFTUNG – EIN TYPISCHER BERUFSUNFALL

. . . doch auch einheimische Kaffeekränzchen bergen Gefahren.

HE, ICH HABS GENAU GESEHEN: DIESER WEIN IST KEINESFALLS AUS WEIN!

Nicht einmal die Hochzeit von Kana würde strengen Maßstäben standhalten . . .

GRR, HIER IST ALLES PERFEKT – NICHT MAL ÜBERS ESSEN KANN MAN MECKERN
COLLEGIUM ANTONIUM
SENIORENRESIDENZ

. . . kurzum: Einen Idealzustand in Sachen Ernährung gibt es nicht.

SO EIN KLEINER SNACK FÖRDERT DIE SPENDENFREUDE UNGEMEIN

Dabei geht auch die Liebe zur Kirche durch den Magen . . .

SIE LEBEN HÖCHSTENS NOCH SECHS MONATE – HIER DIE ADRESSE EINES GUTEN MEMOIRENSCHREIBERS

. . . und eine gesunde Ernährung ist schlichtweg lebenswichtig.

BIBELKUCHEN
1½ Tassen 5.Mose 32,14
6 Stück Jeremia 17,11
2 Tassen Richter 14,18
¾ Tasse 1.Korinther 3,2
2 Tassen Nahum 3,12
4½ Tassen 1.Könige 5,2
2 Tassen Samuel 30,12
1 Tasse 4.Mose 17,23
1 Prise 3.Mose 2,13
3-4 Teelöffel Jeremia 6,20
3 Teelöffel Backpulver
Vorgehen nach Sprüche 23,14
1½ Stunden backen
Lukas 14,12-14 und dann essen!
ICH FÜRCHTE, WIR HABEN DIE FALSCHE BIBELÜBERSETZUNG
Tiki

Bei richtiger Anwendung kann dabei sogar die Bibel eine Hilfe sein.

Missions-Erfolge

Germanien
720 n.C.
Tobi

»Selbst wenn es bei diesem Volk nur bis etwa 1988 n. Chr. hält – wir sollten sie trotzdem zu Christen machen.«

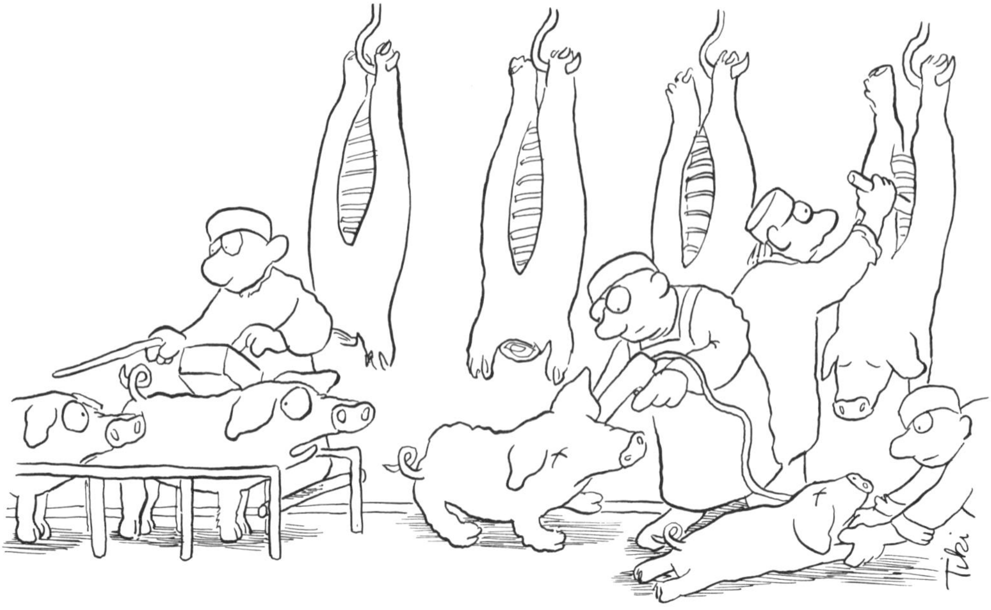
Tobi

»Also momentan habe ich große Sympathie für die Moslems.«

PROGRAMMIER-
TRICKS
BASIC UND GEMEINDE
dBase für Anfänger
Gemeinde-Liste
CX-DB 0.125.10
Fehldrucke
Gemeinde-Liste

»Was heißt da, er kümmere sich nicht um Sie? Herr Pfarrer ist Tag und Nacht mit seiner Gemeinde beschäftigt!«

Achtung! Sie betreten
nun das Missionsgebiet!

HOPPLA, DIE MISSIONIERTEN KOMMEN!

*Das größte und wichtigste Missionsgebiet der Erde ist das westliche Europa.
Noch sind diese Bilder eine Vision. Noch!*

MISSIONSGEBIETE

WENN DAS CHRISTEN SIND, MÖCHTE ICH ABER LIEBER KEINER WERDEN

Irgendwann mußte es den Menschen in den klassischen Missionsländern ja auffallen . . .

SIE KÖNNEN DOCH NICHT UNSERE GEWACHSENE KULTUR ZERSTÖREN!
SEX

. . . daß jetzt sie die Initiative ergreifen . . .

FANTASTISCH! DAS IST JA ECHTE PIONIERMISSION!
ASTRO-SHOP
OKKULT
Satans kult

. . . und den umgekehrten Weg einschlagen sollten.

DIESE VERFLIXTE THEOLOGIE DER BEFREIUNG!
Frei von der Sucht

Und so machten sie sich auf und brachten neue geistliche . . .

ZUNÄCHST BRAUCHEN DIE HIER MAL NATURGEMÄSSE KLEIDUNG

. . . und kulturelle Impulse.

SIE HABEN AUS IHRER HEIMAT EINE SCHRECKLICHE UNSITTE MITGEBRACHT: ÜBERFÜLLTE KIRCHEN!

Sie veränderten Gottesdienst . . .

NICHTS FÜR UNGUT, ABER ICH HÖRE BACH DOCH LIEBER AUF DER ORGEL

. . . und Kirchenmusik.

EINE GUTE IDEE, ABER AUF DEN FERNSEHERN KOMMEN IMMER NUR SO ZAHLEN
LANDESKIRCHLICHES
RECHENZENTRUM
ALTENHEIM

Mit Phantasie und sicherem Gespür fürs Überflüssige . . .

WARUM SO MÜRRISCH – IHR FEHLEN WIRD DOCH KEINEM AUFFALLEN
Abt. Kirchenrecht
Oberkirchenrat
Winkel

. . . reformierten sie verkrustete kirchliche Strukturen.

EIGENTLICH SCHADE – SO EINEN BESONDEREN ATOMGOTTESDIENST KÖNNEN WIR BEI UNS NOCH NICHT MACHEN
Sodom, Gomorrha, Tschernobyl
GEBET STATT STROM
WAA NA
LASST DAS ATOM UNGETEILT!
NEIN ZUR WAA
erhaltet Gottes Schöpfung

Natürlich lernten sie auch ihrerseits Neues kennen . . .

ACH, WIR FÜHREN UNSER NETTES PALAVER NOCH EIN PAAR TAGE LÄNGER WEITER
SYNODE
Termine

. . . wenn auch ihr eigener Lebensstil dominierte.

ABER SIE WOLLTEN DOCH UNBEDINGT EINEN SCHWARZEN PFARRER
Willkommen!
CSU

Aber – das alles war eben nur ein Traum.

Handwerk hat frommen Boden

Ein Streifzug durch Vergangenheit und Gegenwart

WENN NUR DER ÄRGER MIT DEN HANDWERKERN NICHT WÄRE
LÄUTE-WERK

ER TRÄUMT WIEDER VOM MENSCHENFISCHEN

Die Bibel ist eine Art Handwerkerbuch: Fischer Petrus . . .

Bin in der Synagoge

. . . Zimmermann Jesus . . .

ER KANN ABER TOLLE BRIEFE SCHREIBEN
PAUL'S TENTS ®

. . . und Zeltmacher Paulus sind nur die bekanntesten.

UND WAS WIRD JETZT AUS UNS?
zur Speisung der 5000

Daneben finden sich enttäuschte Berufsgruppen . . .

ICH GLAUBE, DAS WAR EINFACH PFUSCH AM BAU
JERICHO

. . . ebenso wie zufriedene Kunden.

REGIONALER & ALTERNATIVER
KIRCHENTAG
WIR KNÜPFEN EIN NETZ (VII)
Pamphlet-Druckerei im bleifreien Bleisatz
Meißel-Kurs "MEIN MÄNNLICHES ÜBER-ICH" aus Ytong
Wir nageln uns ein feministisches Brettchen vor den Kopf
BEZIEHUNGSKISTE in 3 Stunden selbst gezimmert
JESUS-LATSCHEN rustikal besohlt
Gruppe BAAZEN & BACKEN
Arche Noah aus Hefeteig
(Vollwert)

Auch heutzutage ist die Kirche durchdrungen von der Liebe zur schöpferischen Handarbeit.

DER REIN HANDWERKLICHE TEIL DER PREDIGTARBEIT IST MIR SEHR WICHTIG
Liebe Gemeinde!

Auch die klassischen Geisteswissenschaftler . . .

Seelenkummer? Pastors Nummer!
089/1234566
SCHNELL · DISKRET · BEWÄHRT
Ohne MWSt!
SERVICE

. . . träumen davon, so unentbehrlich zu sein wie die Handwerker.

DEIN SKALP IST JA VOLL COOL: NE ECHTE 1955ER GLAUBENSFRUCHT!

Dem Handwerk selbst gibt die Kirche vereinzelt neue Impulse . . .

ICH HABE IHM ENDLICH MAL ALLES AUS UNSEREM BERUFSALLTAG GEBEICHTET
Gaststätten-Seelsorge

. . . tut in Spezialbereichen eine segensreiche Arbeit . . .

MIT IHREM VERSUCHSPROJEKT GEBEN SIE UNSEREM BERUFSSTAND NEUE HOFFNUNG
Orgelbau Puster

. . . und ist in einigen Branchen (bislang) der wichtigste Auftraggeber.

IHR CHEF SCHEINT AUCH WAS GEGEN SCHWARZARBEIT ZU HABEN

Kurzum: Es ist nicht dumm, sich mit Gott und seinem Bodenpersonal gut zu stellen.

SCHÖNE NEUE KIRCHE

Ein Blick in die Zukunft des Gemeindeaufbaus

Ausbildung von Mitarbeiter-Ausbildungs-Ausbildern
Ausbildung von Mitarbeiter-Ausbildern
Mitarbeiter-Ausbildung
STATISTIK
St. Markus
Jede Stunde 1 neues Mitglied
Pfarrer Senfkorn predigt heute über Die selbstwachsende Saat
Hauskreis
Hauskreis
ÜBERFÜLLT!
Verbesserungs-vorschläge
zum Hauskreis
15°° BLINDEN-HEILUNG
16°° GEIST-AUSGIESSUNG
STRASSENTHEATER
»The new disciples«
trotzdem sind Sie STETS HERZLICH WILL-KOMMEN!
I ♥ KIRCHE
GEMEIN BRIEF
bitte mitnehme
Auflage:

ARBEITSGEMEINSCHAFT GEMEINDEAUFBAU
AGGA
Super-Vision
GEBETSMÜHLE
Unsere alternative Energie!
IMMER OFFEN!
Zum Hauskreis
Schöpfungs-Meditation
Sanatorium für Oberkirchenräte
ICH FÜHLE MICH SO ÜBERFLÜSSIG
NEUE KIRCHEN-MUSIKSCHULE
ANBAU
Hauskrei
EF-1
WEIN
Ich muß draußen bleiben
Lest Apostelgeschichte 2!
US SIE IMMER NOCH NICHT IN DIE KIRCHE GEHEN:
Evangelisches Fernsehen
LIVE! ROMM! ARBIG!
PRAKTISCH! MISSIONARISCH! GUT!
ZUR BASIS-GEMEINDE
ZUM HAUSKREIS
Kircheneintrittsformulare
GEIST-VOLL! BLEIFREI!
FUSSGÄNGER-ZONEN MISSION
Tiki

GOTTES SPIELPLATZ

Gedankenspiele eines Karikaturisten bringen es an den Tag: Offensichtlich wird gerade in der Kirche gern gespielt.

NETTE SPIELEREI. DA BAUEN WIR NOCH EIN PAAR

So war es schon in der antiken Religion:
Wer es sich leisten konnte . . .

SEIT DIESER JESUS HIER WAR, SPIELT MEIN MANN DIE LILIE AUF DEM FELDE

. . . spielte.

DAS THEMA MEINER HEUTIGEN PREDIGT LAUTET...
LIEBE
VERANT-WORT-UNG
UM-WELT
SÜD-AFRIKA
ABRÜST-UNG
FAMI-LIE
ARBEITS-LOSIG-KEIT
SOLIDA-RITÄT
HEI-LUNG
AΩ

Heute wird in Kirchenkreisen mehr gespielt . . .

NUR WEIL'S SPASS MACHT, IST ES DOCH NOCH KEINE SPIELEREI!

. . . als mancher wahrhaben will.

MEINE GEMEINDE IST NICHT GROSS, ABER ÄUSSERST SEELSORGEINTENSIV
Golfpfarrer

Selbst in Spezialgebieten des Spielens . . .

IM KONFIRMANDENUNTERRICHT LEHRE ICH DAMIT DAS VATERUNSER
DEIN
WILLE
GESCHEHE
BÖSEN
GEHEILIGT
WERDE
DEIN
NAME
DEIN
REICH
KOMME
ERLÖSE
UNS
TÄGLICHES

. . . findet sich mit etwas Phantasie eine sinnvolle Anwendung.

UND UNSER DAUERLOTTOSCHEIN FÜR DIE NEUE ORGEL ERBRACHTE IMMERHIN EINEN DREIER, DAS SIND DM 4.80

Fraglich ist, ob das auch für das Glücksspiel gilt . . .

ALS NÄCHSTES VERSPIELEN SIE WOHL UNS GEMEINDEGLIEDER

. . . zumal keine Berufsgruppe vor der Spielsucht gefeit ist.

Ökumenischer Arbeitskreis
DANKE! ZUM ERSTEN MAL SIND WIR KONSTRUKTIV WEITERGEKOMMEN
Spielberatung

Vielleicht könnten richtig eingesetzte Spiele längst fällige Wunder vollbringen . . .

LANDESKIRCHENAMT PERSONALPLANUNG
PECH, HERR KREISDEKAN: WIEDER SECHS PFARRSTELLEN WENIGER

. . . Entscheidungsprozesse der Kirchenleitung auflockern . . .

WARUM KÖNNEN WIR NICHT ABKÜNDIGUNGEN HABEN WIE JEDE ANDERE GEMEINDE AUCH?
JUGENDKREISE ab 5.9. normal
SENIOREN AUSFLUG 31.8.

. . . und den Gottesdienst beleben.

St. Johannes Stadion
In der Halbzeit ABENDMAHL
CHRISTEN NEUHAUSEN
NEW AGE SCHWABING
3 : 2

Durch eine beherzte Öffnung für spielerische Formen würden sogar die Kirchen voller werden.

DER BREITE UND DER SCHMALE WEG

Christsein auf vier Rädern oder Schusters Rappen, mit und ohne Katalysator

SYNODE

Von den Anfängen bis heute brauchten die Verkünder des Evangeliums Verkehrsmittel . . .

FÜR HERRN BISCHOF BITTE BLEIFREI!

. . . doch der moderne Verkehr stellt besondere Anforderungen . . .

ADAC Stau-berater
Stau-beicht-vater

. . . bietet aber auch neue Möglichkeiten . . .

ACHTUNG! Lange Rot-Phase Nutzen Sie die Zeit für ein Gebet!

. . . der Besinnung . . .

ICH WILL ABER GAR NICHT ÜBER DIE STRASSE!

. . . und der täglichen Tat der Nächstenliebe.

ZUR TAUFE SOLLTEN SIE DEM KLEINEN ABER DEN HELM ABNEHMEN
Spezielle Gruppen werden intensiv betreut . . .

WILLKOMMEN ZUM ERSTEN HOCHGESCHWINDIGKEITS-MOTORRADGOTTESDIENST
. . . bedürfen aber ständig neuer Einfälle.

»Auge um Auge« ist als christliche Verhaltensweise im Straßenverkehr . . .

JETZT BITTE AUCH NOCH DIESEN KOTFLÜGEL
. . . ebenso problematisch wie das Hinhalten der anderen Backe.

JA, DIESEN, ABER IN MATTEM ESELSGRAU, MIT KÜHLERKREUZ UND HOLZSITZEN
Ebenso schwierig bleibt die Frage, welche Automarke Jesus bevorzugt hätte . . .

FOLGET MIR NACH!
. . . wenn überhaupt.

JESU, GEH VORAN...
...AUF DER LEBENSBAHN
UND WIR WOLLEN NICHT VERWEILEN...
...DIR GETREULICH NACHZUEILEN...
FÜHR UNS AN DER HAND...
...BIS INS VATERLAND.
100km
Wichtig ist in jedem Falle eine möglichst schon im Kindergottesdienst ansetzende Verkehrserziehung auf christlicher Basis.

DER TRAUM VOM DRITTEN WEG

Wie sich die kirchlichen Arbeitgeber den idealen Arbeitnehmer vorstellen. Gottseidank nur eine Vision.

WANN BEGINNT ENDLICH MEIN UNBEZAHLTER VORRUHESTAND...
ICH BRAUCHE KEIN GERÄT, DAS MIR DIE ARBEIT LEICHTER MACHT!
Statt Lohn
endlich nur dürfen
GEWERKSCHAFT
NEIN DANKE
SIE SIND EIN WIRKLICHES VORBILD, HERR LANDESBISCHOF!
SPD
STREIK IST PFUI!
GELD LASCHTAN
Weniger ist mehr
HEUTE
Die Arbeitsrechtliche Kommission tanzt
Dieses kirchl. Dienst-Kfz ist für alle: bitte benutzen!

40 Stunden füllen keinen aus!
JOB-SHARING FÜR ALLE!
UPERSECURA
WOZU? DER HERR IST UNSER ARZT
FEIERT UHIG, AUCH CHMUTZ STÖRT MICH NICHT
Gemeindehaus
HAUS-MEISTER
Robin Glock
SCHLUSS MIT DEN ELEKTRI-SCHEN LÄUTE-WERKEN
Verein unbe-zahlter Glöckner
carpe diem
ALS EHREN-AMTLICHER ORGA-NIST BESTEHE ICH AUF MEHR ORGEL-MUSIK IN DER KIRCHE!
Wir Mesner fordern: MEHR GOTTES-DIENSTE!
MEHR TAUFEN TRAUUNGEN KONFIRMA-TIONEN!
KEINEN PFENNIG MEHR FÜR PAPA
IN ANBETRACHT IHRER BESONDEREN LEISTUNG DARF ICH IHNEN EINE AUSSER-ORDENTLICHE GEHALTSKÜRZUNG ANBIETEN
Landes-kirchen-amt

Notwendige neue Arbeitsgebiete organisierter Nächstenliebe.

Diakonie der Zukunft

HERR MINISTER, DA IST JEMAND VOM DIAKONISCHEN WERK, DER MIT IHNEN ÜBER DIE KÜRZUNGEN IM SOZIALHAUSHALT REDEN WILL

Politische Meinungsbildung

IM ALTENHEIM HÄTT'ICH WENIGSTENS JEMAND ZUM KARTENSPIELEN
PFLEGI P-6000
ESSEN AUF RÄDERN
NOTRUF-AUTOMATIC

Ambulante Totalversorgung

TUT UNS LEID, DAS IST JETZT STAATLICHE VORSCHRIFT
LÜGEN-DETEKTOR

Asylantenarbeit

SCHON WIEDER EINE LADUNG GERETTETE BATTERIEHÜHNER, HERR DIAKON
BEFREITE LABORHUNDE
VERSUCHSKANINCHE
ÖLPEST-SCHWÄNE

Umweltpflegeheime

BERAT-O-MAT
Problem
Lösung

Verstärkte Präsenz

Mord extra
Der Bundesgesundheitsminister: Ei
0,9mg Nikotin und 12 mg Konden
Das Diakonische Werk: Die näc
Suchtkrankenhilfe Tel. 1035907

Suchtkrankenhilfe mit Breitenwirkung

DAS IST DIE EINZIGE INDUSTRIE, DIE NOCH BLÜHT
RAKETEN-PANZER-UND-BOMBEN-UNION
Strassen-sammlung
Referat für wirtschaftliche Absicherung
STOP! END! DELETE *.* GOTO DIAKONIE: SAY (AMEN$) [RETURN]
Computersucht-Büro
ACHJE, WIEDER MUSSTE ICH 500 ARBEITER ENTLASSEN, UM 100 ROBOTER EINSTELLEN ZU KÖNNEN
Arbeitgeberberatungszentrum
WARUM DENN IMMER NUR AN PARTEIEN SPENDEN?!
ZOLL
DOUANE
Steuerflüchtlingshilfe
OVA-NON
SPI-RA-LE
up to date
sozial
evangelikal
Differenzierte Angebote, zB. bei der Sexualberatung
Diakonisches Werk
Nächstenliebe-DEINE Sache!
Selbstabschaffungsstelle
BITTE RUHE
Gebetsbatterie
...und eine gute Energieversorgung

WUNDER DAUERN ETWAS LÄNGER

SPENDEN
DM

»Das Geld ist da – jetzt müssen wir nur noch beten, daß es wirklich Wunder vollbringen kann.«

idea Spektrum

»Da gibt's doch wirklich welche, die glauben, man könnte mit Gebeten irgend etwas ändern.«
(gezeichnet 1987)

SUPERDENT
Anti-Karies

»Du Kleingläubiger! Traust du Gott denn nicht mal eine kleine Kariesheilung zu?«

HEILUNGS POWER SHOW
Befreiung von Krankheit

»Kann der Heilige Geist uns auch von all diesem Rummel befreien?«

SCHÖPFER auf eigene Faust

Interessante Beobachtungen aus streng geheimen Labors und Wirkungsstätten der Befruchtungsmedizin und der Gentechnologie – fein säuberlich durcheinandergeworfen

KEINE SORGE, MEINE GENETISCHEN TIERVERSUCHE GEBE ICH BALD FÜR IMMER AUF

Die enorme Entwicklung der modernen Biologie . . .

SIE ALS GEGNER DER GENTECHNIK WERDEN DAS EINZIG WIRKSAME MEDIKAMENT DOCH SICHER ABLEHNEN
Genimed
ein Produkt der Super Pharma Genfabrik

. . . stößt bei vielen Menschen auf Bedenken.

LIEBE MUTTER, LIEBE LEIHMUTTER, LIEBER ANONYMER SAMENSPENDER, VEREHRTE LABORANTEN...

Auch die Kirche wird sich dadurch verändern . . .

...UND KÖNNTE MAN DURCH EINE KLEINE HORMONELLE STIMULATION DES RELIGIONSCHROMOSOMS...

. . . doch selbst wenn sie sich auf die neuen Möglichkeiten einließe . . .

NA JA, DIE KIRCHE IST VOLLER SYMPATHISCHER LEUTE, ABER ES IST NICHT MEHR WIE FRÜHER...
CLON-INSTITUT

. . bliebe viel Skepsis bei den Pfarrern . . .

GUT, ER HAT DAS GEHIRN EINES GENIALEN SEELSORGERS, ABER REIN GEFÜHLSMÄSSIG MAG ICH IHN NICHT

. . . und Gemeindegliedern.

HURRA, ENDLICH GESCHAFFT: MARTIN LUTHER – VOLLSYNTHETISCH REKONSTRUIERT!
VERSUCHSREIHE IX
Paulus
Karl Barth
M.L.
VERSUCHSREIHE X
Petrus
Franziskus v. Assisi

Allein die denkbaren Auswirkungen auf das ökumenische Klima wären beklemmend.

TYPISCH KIRCHE: WAS SPASS MACHT, IST VERBOTEN
EKD DENKSCHRIFT ZUR GENTECHNOLOGIE

Aber glücklicherweise hat die Kirche bereits klare Grenzen gezogen.

ALS NORMALE BAKTERIE KOMMT MAN SICH SCHON RICHTIG OUT VOR
Ein Produkt der Bayer-Forschung
geclont
synthetisch gekeimt
ICH ARBEITE FÜR Sandoz

Die technische Umwälzung reicht vom mikroskopischen . . .

WIR RETORTENKINDER HABEN EINEN SO GROSSEN EMOTIONALEN NACHHOLBEDARF

. . . bis in den zwischenmenschlichen Bereich.

DNS
ALS GENTECHNIKER MUSS MAN PHANTASIE HABEN

Wie all das möglich ist, bleibt meist geheim.

APOTHE
ENDLICH DA!
„Ich will ein Kind“
GEN-BOX
die sanfte Befruchtung für alle
mit formschöner Plexiglas-Retorte

Der Wunsch nach Kindern jedenfalls wird von der Industrie so ernstgenommen . . .

TJA, WIR SIND EIN MARKTWIRTSCHAFTLICH ORIENTIERTES UNTERNEHMEN
PRIVATKLINIK DR. FRAUMANN
Abt. Abtreibungen
Abt. Retortenbabies

. . . wie das Gegenteil.

Gottes Listenplätze

WAHLZETTEL zur
- ☐ KIRCHENVORSTANDS-
- ☐ PFARRGEMEINDERATS-
- ☐ PRESBYTERIUMS- WAHL

↑ ZUTREFFENDES ANSTREICHEN

Bitte bis zu 14 Bewerber/innen deutlich ankreuzen → ☒

Ähnlichkeiten mit lebenden Personen völlig unbeabsichtigt.

BISHER HAT HERR PFARRER SEINE SACHE GROSSARTIG GEMACHT UND ICH WERDE HERRN PFARRER WEITERHIN UNTERSTÜTZEN

BERT ABERGEWISSDOCH ◯
Amtmann

SPÄTER MEHR – MUSS LEIDER GLEICH WEG
Gleis 3
BONN
IC
16.31

PROF. DR. ERIKA NIEDA ◯
MdB, stellv. Parteivorsitzende

KAMM'ONN, KREUZT DEN WAHLWISCH BEI TSCHARLIE – DER LEHRT DIE GRUFTIES DAS BIBBERN!

TSCHARLIE BLUTJUNG ◯
Schüler, kandidiert für den Jugendausschuß

DIE RELEVANZ DER DEMOKRATISCHEN MITSPRACHE GRÜNDET EXO- WIE ENDOGEN IN DER EXISTENTIELLEN GESTALTUNG IHRES WAHLSCHEINS...

DR. WALTHER WICHTICH ◯
Privatdozent

FRAUEN MACHT RADAU – AB IN DEN KAVAU!

EMMA MANZOW-FEMINY ◯
Studienreferendarin

WENN SIE ZUR WAHL KOMMEN, BITTE IHREN EIGENEN BLEISTIFT (STUMMEL) MITBRINGEN
WAHLZETTEL
3cm
DIN A4
mein erstes selbst gespartes Zehnerl

KARL-THEODOR PINGEL ◯
Bilanzbuchhalter a.D., seit 18 Jahren ehrenamtl. Kassenführer

WIR EVANGELISCHEN* MÜSSEN ZUSAMMENHALTEN. UND WAS ZU TRINKEN BRAUCHT EINE GEMEINDE DOCH IMMER
*) bei Pfarrgemeinderäten bitte ändern in „KATHOLISCHEN"

IGOR EIGENNUTZ
Getränkehändler

"WAS TÄTEN WIR OHNE SIE?" SAGTE DER HERR BÜRGERMEISTER IM BEISEIN DES MINISTERS UND DER BEIDEN STAATSSEKRETÄRE…

WILLY UNVER-MEIDLICH
Stadtrat, Vorsitzender des Heimatvereins, der Freiwill. Feuerwehr, des Ortsverbands Rotes Kreuz usw.

WÄHLEN SIE ZUVERLÄSSIGKEIT: ICH HABE NOCH BEI KEINER SITZUNG GEFEHLT

RUDI RUMSITZ
Sozialpädagoge und Taxiunternehmer

IN DIESEN VERSTAUBTEN SAFTLADEN MUSS MAL ZIELORIENTIERTE DYNAMIK REIN!

PATRICK MÄNNÄTSCH
Dipl.-Betriebswirt, leitender Geschäftsführer, VdMMC

MEHR GEFÜHL, MEHR LIEBE UND MEHR FAMILIENGOTTESDIENSTE. DAS WÄRE GOLDIG!

KUNI KUSCHLIG
Bewegungstherapeutin

WENN SIE MICH WÄHLEN, WIRD ES SOLCHE WAHLZETTEL AUS GEBLEICHTEM RAUBBAU-PAPIER NICHT MEHR GEBEN!

FRITJOF „BIO" WEIZENKEIM
Landbauer und freier Autor

ICH FINDE, UNSER GEMEINDEFEST IST DER SAHNETUPFER IM REICH GOTTES

DOROTHEA TORTENGUSS
Hausfrau, Leiterin der Frauenkreise

IN JEDEM KIRCHENVORSTAND GIBT ES EINEN – UND IN DIESEM BIN ICH'S.

MORITZ MOTZMANN
kaufm. Angestellter

Patentierte Dauerchristen

SALOON

»Wenn es die Frommen nicht gäbe, würden die Sitten hier ganz verwildern.«

SÜD-
AFRIKA

»Ich danke dir, Gott, daß ich nicht bin wie diese anderen.«

JESUS
ΙΧΘΥΣ
Neukirchner Kalender
30
BIBEL
Gebete
KRAFT DES GLAUBENS
Entscheidung
DIE ENDZEIT IST DA!
Innere Heilung
Bibelkreis
Katechismus
JESUS LIEBT DICH
Morgenpost
Hungersnot in Afrika
Waldsterben bei uns
TSCHERNOBYL SPÄTFOLGEN
WIR GLAUBEN AN GOTT
SCHOKO MÜSLI
LOSUNGEN
extra
Sahne Joghurt
SCHLEMMER SALAT

»Gott wird schon wissen, warum er die Hungersnot nach Afrika schickt.«

OZON-LOCH
PERSHING II
TSCHERNOBYL
ATOM TEST
WALDSTERBEN
TERRORISMUS
Die Offenbarung des Johannes

»Na also, endlich geht's so richtig los!«

LASSET DIE KINDER ZU MIR KOMMEN

Der Kindergarten und sein kirchlicher Träger – ein spezielles Verhältnis, unter die Lupe genommen von einem zweifachen Vater.

AH JA, DIE KIRCHE IST OFFENBAR DER TRÄGER
Kindergarten

Auch wenn er manchmal eine Last ist . . .

IM STUHLKREIS PLAUDERN WIR HEUTE ÜBER DAS VERLORENE SCHAF

. . . ist ein Kindergarten in kirchlicher Trägerschaft eine Bereicherung . . .

DAS WAR EINE NETTE IDEE, SICH ALS "PFARRER ZUM ANFASSEN" ZUR VERFÜGUNG ZU STELLEN

. . . für beide Seiten.

KINDERGARTEN
Personal Ausgang

Die Erwartungen an die Mitarbeiter freilich . . .

ICH WILL ABER LIEBER EIN FEUERWEHRAUTO ALS BILD HABEN!

. . . und den kindlichen Geschmack dürfen nicht übertrieben werden.

AM LIEBSTEN SPIELEN WIR DIE REINIGUNG DES TEMPELS

Der Kindergarten kann von seinem Träger durchaus profitieren . . .

ABER JA, NATÜRLICH NEHMEN WIR AUCH UNGETAUFTE KINDER AUF

. . . und die Kirche von ihrem Kindergarten.

OH, GERADE HEUTE WÄRE EIN PLATZ FÜR DICH FREIGEWORDEN

Hauptproblem bleibt die Belegung: Entweder gibt es zu viele Kinder . . .

KREISSAAL
KINDER-GARTEN Aufnahme-antrag

. . . oder zu wenig.

SEHEN SIE, SO BRINGEN WIR DIE SPEISUNG DER 5000 EIN
MENSCHEN-MENGE
FISCH-MENGE
BROT-MENGE

Bei pädagogisch einfühlsamer religiöser Vorschulerziehung . . .

ABER BETEN IST DOCH KINDERLEICHT, MAMA

. . . kann das Familienleben vom Kindergarten her neue Impulse erhalten.

NEIN, ULLA-MAHARISHIS SOJASCHLEIMPLÄTZCHEN SOLLTET IHR GENAUSO TEILEN

Der christliche Glaube wird dann im Idealfall das Alltagsleben prägen . . .

WAS?! DU HAST KEINE KUSCHEL-ECKE IN DEINER KIRCHE, WO DIE JESUSGESCHICHTEN VORGELESEN WERDEN?

. . . und vielleicht sogar die Kirche der Erwachsenen menschlicher machen.

Glaube, Gott und gute Noten

Eine heitere Unterrichtseinheit für alle Klassenstufen

SCHEINT EINE ART FERNKURS ZU WERDEN...
2. BRIEF VON PAULUS AN DIE KORINTHER
1. BRIEF AN DIE KORINTHER

Schon früh gab es christlich-religiöses Unterrichtsmaterial . . .

telekolleg
Religion

. . . das heutzutage auch in technisch zeitgemäßer Form vorliegt.

DAS LAND DER BIBEL
ICH BIN DOCH NICHT DER 12JÄHRIGE JESUS IM TEMPEL!

An den Schulen gab es nach einer langen Phase biblischen Unterrichts . . .

DA LIEST DOCH TATSÄCHLICH EINER UNTER DER BANK IN DER BIBEL!
Atheismus
Buddhismus

. . . eine Entwicklung zum problemorientierten . . .

EIN SCHWERER FALL: KAI-UWE BEHAUPTET, ER HÄTTE KEINERLEI SCHULANGST
Neurose
Psychose
Hysterie
Depression

. . . und vereinzelte Versuche eines therapeutischen . . .

... UND ADDIEREN DEN GLOCKENKOEFFIZIENTEN ς ZUM SCHALLDRUCK φ DER SINGENDEN GEMEINDE g^s

. . . oder fächerübergreifenden Religionsunterrichts.

DIE SIND ALLE IM LEISTUNGSKURS RELIGION
In der Kollegstufe hat Religion einen festen Platz . . .

TJA, HERR SCHULRAT, UNSER GYMNASIUM IST KOMPLETT AUSGESTATTET...
Religionslabor
Sprachlabor
Sternwarte
Schwimmbad
Computer-Center
Filmsaal
. . . in einer praxisbetonten Schulkonzeption.

HERR KULTUSMINISTER – DER PFARRER UNTERSTEHT NICHT IHREM MINISTERIUM
Staatsempfang für Lehrer
Er stellt einen gewissen Freiraum dar,
sowohl für Lehrer . . .

ICH BETRACHTE DIESE KLASSE IMMER ALS ÜBUNG ZUR PERSÖNLICHEN DEMUT...
. . . als auch für Schüler.

AUS PROTEST GEGEN DIE SACHE MIT DEN NOTEN GEBE ICH EUCH ALLEN EINE 1
Gottes Gnade
fromme Leistung
Lehrer halten den Zwang zur Notengebung
oft für unangemessen . . .

AUS PROTEST GEGEN DIE SACHE MIT DEN NOTEN GEBE ICH EUCH ALLEN EINE 6
Gott
Welt
Gegen-Satz!
. . . was verschiedene Formen annehmen kann.

DA LERNT MAN DAS BETEN, WAS!
ZIRKUS-SCHULE
Doch auch wo keine Schule steht . . .

DA ES BEI IHNEN BEREITS AM GRUNDWISSEN FEHLT, DARF ICH ERKLÄREN...
Gott
Jesus
Hlg. Geist
. . . ist Religionsunterricht meist bitter nötig.

Randnotizen zum Kirchenjahr

GUTE VOR-SÄTZE
zum Neuen Jahr

»Mal wieder völlig überladen.«

CHRISTEN BRAUCHEN KEINEN KARNEVAL
FASCHING NEIN DANKE!

»Na hört mal – euer Herr hat doch damals auf der Hochzeit Wasser in Wein verwandelt – und nicht in essigsaure Tonerde!«

»Nein danke, in der Fastenzeit will ich doch Verzicht üben!«

Vorläufig festgenommene Demonstranten
hier warten
POLIZEI
400.000
Belohnung
ERKENNUNGSDIENSTL.
BEHANDLUNG

»Das hast du nun von deinen unbedachten Äußerungen ›Er stößt die Gewaltigen vom Thron‹, ›Er läßt die Reichen leer ausgehen‹ und so weiter!«

AU WEIA, WEIHNACHT!

Eine Reportage über unsere innersten Sehnsüchte zum Fest des Friedens und der guten Vorsätze.

Alle Jahre wieder will man es besser machen: wirklich frühzeitig vorbereiten . . .

DA STEHT DRAUF: „JE KLEINER DAS GESCHENK, UM SO GRÖSSER DIE LIEBE."

. . . keine großen Geschenke verteilen . . .

DIE KRIPPE? DIE IST DA IRGENDWO DRUNTER

. . . sondern die frohe Botschaft in den Mittelpunkt stellen . . .

Konflikte
PST! BLOSS KEIN LAUTES WORT!

. . . und den Familienfrieden wahren.

ACH JE, OB DIE DENN OHNE UNS WIRKLICH FEIERN KÖNNEN?

Den Freiheitsdrang der älteren Kinder will man dieses Jahr respektieren . . .

BIS DU FERTIG ANGEZOGEN BIST, IST WEIHNACHTEN WIEDER VORBEI

. . . den Zeitablauf des Festes perfekt planen . . .

SIE SAGTEN DOCH, FALLS ICH JEMAND WEISS, DER AM HEILIGEN ABEND ALLEIN IST...

. . . und sogar einmal einen Fremden einladen.

DAS "HAPPY CHRISTMAS"-ARRANGEMENT FÜR 405
405

Falls man diesmal dem heimischen Weihnachtsbaum entfliehen will . . .

AUCH MIT DEM LANDESKIRCHLICHEN FALTBLATT - ES WILL KEINE RECHTE WEIHNACHTSSTIMMUNG AUFKOMMEN

. . . sollen wirklich alle angebotenen Hilfen ausgeschöpft werden.

Weihnachtsfeier für Alleinstehende
WIR RESPEKTIEREN BEWUSST DAS RECHT AUF INDIVIDUALITÄT

Auch die professionellen Weihnachtsveranstalter wollen aus Erfahrungen lernen . . .

KEINE AUSREDEN!
Diese Kirche ist auch am Heiligen Abend nicht überfüllt!

. . . und die Mißerfolge des vergangenen Jahres vermeiden.

O-14 AN Z31: SCHON WIEDER SO EIN BEWAFFNETER VERMUMMTER

Aber ach, keiner ist vor Überraschungen sicher.

Erwartungen
Erwartungen
WAR WOHL ZU SEHR GESCHMÜCKT

Jedoch: Es bleibt ja die Hoffnung auf das nächste Jahr.

Lauter Anzeigen!

HÖRHILFEN

Werner Küstenmachers Einkaufsführer durch die Wunderwelt technischer Neuheiten für den Gemeindebedarf

nach
WALKMAN®...

...und
DISCMAN®...

...endlich
GEBETSMAN®

Immer der heiße Draht nach oben · Immer auf Empfang · Preiswert

PRAYASONIC ...damit die Verbindung stimmt

Störender Glockenlärm?

WIR BRINGEN RETTUNG!

vorher
nachher

95% Schalldämpfung mit unserem Schaumklöppel **Nächstenliebe™**

In drei Stunden montiert (pro Glocke) · Ruhe für die Nachbarn · Im Kirchenschiff und im angrenzenden Pfarrhaus sind die Glocken dennoch gut zu hören · Patent angemeldet

(Bei der Gründung entsprechender Bürgerinitiativen sind wir gern behilflich)

DIE KLAGE VIELER GOTTESDIENSTBESUCHER:

„HÖREN WOLLEN WIR JA, ABER VERSTEHEN TUN WIR NICHTS."

Das Problem: Lektoren im Gottesdienst

Meine Mutter und meine Brüder sind diese, die Gottes Wort hören und tun
zu leise
Der dɐs Ohr gɐpflɐnzt hat, sollte dɐr nicht hören?
DIE BIBEL
zu undeutlich
mithörendenohrenhö rensienichtundsiever stehenesnicht
zu schnell
daverst ocktens ieihr eoh renumni chtzuhö ren
zu abgehackt

Die Lösung: **PASTOR PAUCKERS LEBENDIGER LEKTORENKURS**
3 Tage Intensivtraining auf einem idyllischen Bergbauernhof
DM 750.- incl. Übernachtung und Mahlzeiten (steuerlich absetzbar)

Das Resultat: Epistel und Evangelium in HighFidelity:
Klar wie Klarner
Cool wie Kulenkampff
Gottesdienstbesucherfreundlich lautstark wie Gottschalk

Übertragen Sie Ihre Predigt so, wie es Gottes Wort zusteht:

Drahtlos durch den Äther

CHURCH PLUS Low Power Schwarzsender für klerikales Lokalradio

Die Alternative zu Ihrem Gemeindebrief – Das Wort „hören" kommt in der Bibel mehr als zehnmal so oft vor wie „lesen"!

Nur für den Export · Betrieb in der BRD verboten (Prüfwagen der Bundespost sind nur wochentags unterwegs; Betrieb am Sonntag vormittag risikolos)

„MEINE SCHAFE HÖREN MEINE STIMME"

Getarnt als Kreuz Best.Nr. 89003
Getarnt als Turmhahn Best.Nr. 89004

Theuer & Schwarz Rundfunktechnik AG

DISCO-PACK

Das ideale Hilfsgerät für die nachgehende Seelsorge in Diskotheken („Mitternachtsmission")

Hochton-Horn
Lautsprecher-Box (200 W Sinus)
Nahbesprechungs-Mikrofon für den Klienten
Verstärkerteil
Equalizer zur Einstellung des am beruhigendsten wirkenden Frequenzgangs

SCHON GEHÖRT?
Unsere beste Compact Disc
STILLE
rauschfrei · unverzerrt

Lärmgeschädigt?

MEDITATIONSFREIZEITEN

Ⓐ Typ Meeresrauschen in Husum
Ⓑ Typ Bachgeflüster in Obertittnang, Schwarzwald
Ⓒ Typ Gletscherknirschen am Quietscherkofel, Steiermark

Anreise in schallgedämpften Fahrzeugen, Übernachtung in knarzfreien Räumen, Frühstück ohne Knäckebrot

PST! Touristik Büro

Kann Ihr Pfarrer nicht zuhören?

KIRCHENVORSTANDS-KONFERENZANLAGE **KV 100**

Die sollten Sie installieren.
Das gibt Ihren Sitzungen professionellen UNO-Touch.
Und wenn eine Mehrheit von zwei Vorstehern es will,

WER OHREN HAT ZU HÖREN, DER HÖRE!

wird das Mikrofon des Vorsitzenden abgeschaltet.

HORCHY DYNAMISCHE ELEKTRONIK

VERLAGSANZEIGE AUS DER REIHE

„Dein Gemeindeglied, das unbekannte Wesen"

NEU!

Dr. Otto Lauscher
Warum Schwerhörige immer in der vorletzten Reihe sitzen
HILFREICH VERLAG

nicht vergessen:

Täter
statt
Hörer!
Tiki

...aber bitte mit
BIBEL

Die Christen glauben zwar an Gott – und nicht an ein Buch. Aber es dreht sich doch alles ums Buch der Bücher.

ICH MÖCHTE DANN JEDEM GOTTES-DIENSTBESUCHER EINE SCHENKEN - BITTE ALSO 15 BIBELN
Bibel sonntag
Luther '84

Obwohl die Erwartungen an den Bibelsonntag nicht immer hoch sind . . .

ACH SO, IN DER KINDERBIBELWOCHE WAR DER VERLORENE SOHN DRAN

. . . sind bibelbezogene Veranstaltungen doch ungemein prägend.

STELLT EUCH VOR, DIESMAL GIBT ES ALLE BIBLISCHEN GESCHICHTEN AUF EINMAL!
Kinder Kirchentag
NOAH
JONA
ZACHÄUS

Das Repertoire der Themen ist gerade bei Kinderbibelwochen etwas begrenzt . . .

OJEH, SCHON WIEDER DANIEL IN DER LÖWENGRUBE

. . . deren liebevolle Darstellung allerdings entschädigt.

1× im Jahr durch die Bibel
DURCH!

Neben einer eindrucksvollen Bibellesebewegung . .

ÄH, DAS STEHT HALT ALLES DRIN, SO VON MOHAMMEDS GEBURT BIS ZU LUTHERS KREUZIGUNG
BIBEL

. . . gibt es eine enorme Unkenntnis.

BIMBOS BESTSELLER BUCHLADEN
EIN NEUES TESTAMENT? WIR SIND DOCH KEIN NOTARIAT!
SPIEGEL

Selbst auf den Buchhandel ist nicht immer Verlaß.

DIESE HINTERLISTIGEN BURSCHEN REDEN SCHON WIEDER EINEN UNBEKANNTEN DIALEKT
WAKAWAKA
PLATT
BAYRISCH
TIKITAKATUKA
KONTIKI
TAKATUKA
ABAHULI
UNTERTIKI
KANAKA
OBERTIKI
SUAHILI
SANSKRIT
BIBLES
BIBLE MISSIO

Nicht nur in den Missionsländern werden daher . . .

KINO
1 Der Magier
2 Spukschloß im Spessar
ALLE PREDIGTE JETZT MIT VIELEN OKKULTE BIBEL-STELLEN
SPIELWAREN
BÜCHER
MONSTER
ASTROSHO
Das Hexen Spiel
DEVILS G
ALLES ÜBER OKKULTISMUS
Satan lebt!
LUZI FER

. . . große Anstrengungen zur Bibelverbreitung unternommen.

ACH, MEINE BIBLISCHE LOSUNG HEUTE FRÜH WAR AUCH SCHON SO NEGATIV

Da nur noch wenige täglich aus der Bibel Kraft beziehen . . .

GLAUBENSKURSE
Allerweltschrist 3 Wochen 300.-
Edelchrist 6 Wochen 800.-
Halbheiliger Einzelunterricht a. Anfrage
SONDERANGEBOT
Wiederaufarbeitung Angefochtener 150.-
ANMELDUNG

. . . sind Bibel- und Glaubenskurse bitter nötig.

BABYBIBEL
lutschfest

HUNDEBIBEL
beißfest
SPEISUNG DER 5000

BADEBIBEL
wasserfest
BIBEL

FERIENBIBEL
ölfest + lichtecht

PASTOR GOSPEL
bibelfest
5. MOSE 17,19!
BIBEL

Und dabei gibt es doch kein Buch auf der Welt, das durch die Vielfalt seiner Ausgaben nahezu jede Anforderung erfüllt.

Bei vier Bänden Bilderbögen verliert der Wilderer in den Wäldern von über 1000 Karikaturen leicht den Überblick. Das nachfolgende Gesamtverzeichnis will daher

SCHÜTZENHILFE

geben. Die Abkürzungen bedeuten:

HiBiBö	Himmlische Bilderbögen (erschienen 1982, zum Stichtag 8.8.88 in der 11. Auflage)
ADuLi	Ach du lieber Himmel (1983, 7. Auflage)
GeiHö	Geistliche Höhenflüge (1986, 3. Auflage)
EwiJa	Ewige Jagdgründe – die Sie gerade in Händen halten.

Das kleine „f" hinter der Seitenzahl kennzeichnet eine Doppelseite zum Thema.

Abendmahl	ADuLi 24
Advent	GeiHö 57
Akademien	GeiHö 44
Altwerden	ADuLi 60f
Arbeitnehmer	GeiHö 21, 22f, EwiJa 38f
Arbeitslosigkeit	ADuLi 19, GeiHö 22f
Arbeitsplatz Kirche	ADuLi 19, 40f, EwiJa 38f
Ausländer	HiBiBö 36f
Behinderte	HiBiBö 34f
Bekennen	HiBiBö 44, ADuLi 56f
Besuchsdienst	HiBiBö 50f
Bibel	ADuLi 52f, GeiHö 46f, 62, EwiJa 60f
Bischof	GeiHö 45
Computer	ADuLi 14f, 46f, EwiJa 12f, 27
Datenschutz	GeiHö 21
DDR	EwiJa 42
Diakonie	EwiJa 40f
Dorf	HiBiBö 46f
Dritte Welt	ADuLi 32f, 58
Ehrenamtliche	GeiHö 40-43
Entwicklungsdienst	ADuLi 34f, 58
Ernährung	EwiJa 24f
Erntedank	ADuLi 18, GeiHö 56
Erwachsenenbildung	ADuLi 38f
Fasching	EwiJa 54
Fastenzeit	EwiJa 55
Fernsehen	GeiHö 54f
Fernsehgottesdienst	EwiJa 15
Feste	HiBiBö 28f
Frauen	HiBiBö 26f, GeiHö 44, EwiJa 16f
Freiheit	ADuLi 43
Frieden(sbewegung)	ADuLi 25, GeiHö 27-29, 32, 58f
Fromme	EwiJa 48f
35-Stunden-Woche	GeiHö 21
Gebet	ADuLi 24, HiBiBö 52f, GeiHö 33, 50
Gefühl	GeiHö 50
Gehörlose	EwiJa 58f
Geld	ADuLi 50f
Gemeindeaufbau	ADuLi 36, 42, 54, GeiHö 10f, 15, EwiJa 32f
Gemeindebrief	ADuLi 26f
Gentechnologie	GeiHö 20, EwiJa 44f
Glück	GeiHö 52f
Gottesdienst	GeiHö 15, 38f, EwiJa 14f
Gremien	GeiHö 36f
Handwerk	EwiJa 30f
Hauskreise	GeiHö 16f
Heiligdreikönig	GeiHö 57
Heiliger Geist	GeiHö 48f
Heilpraktiker	EwiJa 20
Heilung	EwiJa 43
Himmelfahrt	ADuLi 18
Horoskope	EwiJa 21
Hunger	EwiJa 49
Ich	GeiHö 26
Indianer	EwiJa 8f
Jugend	HiBiBö 40-43
Kinder	ADuLi 16f, 24
Kindergarten	EwiJa 50f
Kirche	ADuLi 42, 55, GeiHö 38f
Kirchenaustritt	ADuLi 22f
Kirchenjahr	EwiJa 54f
Kirchenleitung	ADuLi 48, GeiHö 44

Kirchenvorstand	ADuLi 44f, EwiJa 46f
Klerikalien-Karte	ADuLi 30f
Konfirmation	HiBiBö 45, GeiHö 56
Konflikte	GeiHö 58f
Landgemeinden	HiBiBö 46f
Landkarte	ADuLi 30f
Leid	GeiHö 32
Männer	EwiJa 18f
Medien	HiBiBö 48f, GeiHö 24f
Mission	HiBiBö 18f, ADuLi 28f, EwiJa 26f, 28f
Mitarbeiter	HiBiBö 22, 32, GeiHö 40-43
Moslems	EwiJa 26
Musik	ADuLi 20f
Neue Lieder	ADuLi 20f
Neue Medien	ADuLi 14f
Neujahr	EwiJa 54
New Age	GeiHö 52f, EwiJa 20f
Nostalgie	HiBiBö 12f
Okkultismus	GeiHö 52f, EwiJa 20
Ostern	HiBiBö 20f
Ökologie	HiBiBö 38f, GeiHö 20
Ökumen. Rat der Kirchen	GeiHö 34f
Ökumene	HiBiBö 8f, 10f, 44, ADuLi 12f, 59, GeiHö 8f
Pfarrer	HiBiBö 22f, 54, ADuLi 36, 48, 59
Pfarrfrau	HiBiBö 24f
Pfarrgemeinderat	ADuLi 44f, EwiJa 46f
Phantasie	GeiHö 60f
Politik	GeiHö 30-33
Predigt	ADuLi 37, 49, GeiHö 14, 45, EwiJa 14, 15
Presbyterium	ADuLi 44f, EwiJa 46f
Presse	HiBiBö 48f, GeiHö 24f
Psychologie	EwiJa 22f
Publizistik	HiBiBö 48f ,GeiHö 24f
Reformen	GeiHö 14
Repräsentation	HiBiBö 44
Rüstung	ADuLi 25, GeiHö 27-29, 32
Schöpfung	GeiHö 51
Schule	EwiJa 52f
Schwerhörige	EwiJa 58f
Seelenwanderung	EwiJa 21
Seelsorge	HiBiBö 50f, ADuLi 42, GeiHö 26
Sekten	HiBiBö 18f, GeiHö 12f
Senioren	ADuLi 60f
Spenden	EwiJa 42
Spielen	EwiJa 34f
Straßenverkehr	EwiJa 36f
Synode	GeiHö 36f
Telefonseelsorge	ADuLi 42
Therapien	EwiJa 22f
Tourismus	HiBiBö 16f, ADuLi 8f
Umwelt	HiBiBö 38f, GeiHö 20
Urlaub	ADuLi 8f
Verkündigung	ADuLi 56f, GeiHö 51
Versöhnung	EwiJa 14
Vertrauen	GeiHö 26
Verwaltung	ADuLi 48
Vielfalt	ADuLi 54, 55
Volksmission	GeiHö 18f, 51, EwiJa 28f
Weihnachten	ADuLi 20f, GeiHö 57, EwiJa 55, 56f
Weltkirchenrat	GeiHö 34f
Weltuntergang	EwiJa 49
Werbung	ADuLi 10f, 56f, EwiJa 10f
Wunder	EwiJa 42f
Zeit	HiBiBö 30f
Zukunft	HiBiBö 14f

KARIKATURENBÄNDE

Jeweils 64 S., über 250 Karikaturen, DM/sFr 14,80, öS 108,–

Himmlische Bilderbögen

über Gottes Bodenpersonal

ISBN 3-532-62002-2

Für alle, die die Kirche so gern haben, daß sie noch über sie schmunzeln können.

Ach du lieber Himmel

Spritzige Bilderbögen über Gott und die Welt

ISBN 3-532-62016-2

Tiki bringt einen zur gesündesten Art des Lachens: zum Lachen über sich selbst.

Geistliche Höhenflüge

Der himmlischen Bilderbögen dritter Teil

ISBN 3-532-62041-3

Trotz des hochfliegenden Titels geht es hier in köstlichem Schmunzelstil um die nur allzu irdischen Schwächen von Gottes Bodenmannschaft und ihren Passagieren.

Die fromme Geisterbahn

Der himmlischen Bilderbögen 5. Teil

ISBN 3-532-62138-X

Eine rasante Fahrt mit Tikis spitzer Feder für alle Liebhaber seiner Höhenflüge und Höllenfahrten.

Das himmlische Trallala

Ein pfiffiger Streifzug durch die Gefilde der Kirchenmusik

ISBN 3-532-62179-7

Tiki wendet sich diesmal einer Spezialaufgabe des Bodenpersonals Gottes zu – der Kirchenmusik. Wie immer werden die Lachmuskeln stark in Anspruch genommen.

BIBEL-BILDER-RATE-BÜCHER

Jeweils 48 S., DM/sFr 6,90, öS 50,–

Wo ist der verlorene Sohn?

Ein lustiges Bibel-Bilder-Rate-Buch

ISBN 3-532-62020-0

Tatort Bibel

Ein kriminalistisches Bibel-Bilder-Rate-Buch

ISBN 3-532-62048-0

Das Geheimnis am Ölberg

und andere Bilderrätsel aus Bibel und Kirche

ISBN 3-532-62082-0

Das Rätselbild von Babylon

Noch ein geheimnisvolles Bibel-Bilder-Rate-Buch

ISBN 3-532-62124-X

Der Anschlag in Wittenberg

und andere rätselhafte Rate-Bilder rund um Luthers Reformation

ISBN 3-532-62188-6

Anker und Fische

Ein fröhliches Ratebilderbuch über kirchliche Symbole

ISBN 3-532-62204-1

Perlen und Säue

Ein freches Ratebuch über biblische Redensarten

ISBN 3-532-62205-X

MINI-GESCHENK-BÜCHER

Jeweils 64 S., DM/sFr 4,90, öS 36,–,

Ich lese die Bibel, weil...

60 gute Gründe für das Buch der Bücher

ISBN 3-532-62131-2

Glaube ist...

60 biblische Antworten für Anfänger und Fortgeschrittene

ISBN 3-532-62149-5

Gott schuf ...
... uns aus lauter Liebe

60 tierisch gute Bibelworte

ISBN 3-532-62162-2

Danke für ...

60 herzliche Grüße aus dem Buch der Bücher

ISBN 3-532-62169-6

Kirche find' ich gut

60 gute Gründe, in der Kirche zu bleiben

ISBN 3-532-62206-8

Ich bin fit, weil

60 gesunde Sprüche für Leib und Seele

ISBN 3-532-62207-6

KINDERGOTTESDIENST-POSTER

Jeden Sonntag bekommen die Kinder einen der Aufkleber. Werden alle Bilder an der richtigen Stelle aufgeklebt und ausgemalt, hat das Kind ein attraktives, farbenfrohes Poster zum Thema.

Jedes Set enthält jeweils 10 Poster DIN A 2 und 10 Bogen mit Aufklebern. Jeweils DM/sFr 27,80, öS 250,–,

Die Bibelburg

ISBN 3-583-50804-1

Eine Übersicht über die Bücher der Bibel (AT/NT).

Das Kirchenjahr

ISBN 3-583-50803-3

Der Ablauf des Kirchenjahres einschließlich der liturgischen Farben.

Die Israelkarte

ISBN 3-583-50801-9

Jakob und seine Söhne

ISBN 3-583-50806-8

Eine Übersicht über sämtliche Geschichten des Jakobskreises – und der Stammbaum Israels

Luther live

Eine heitere Reformationsgeschichte

ISBN 3-583-50807-6

Dieses Poster bietet eine hervorragende Übersicht über eine der spannendsten Epochen der Kirchengeschichte.

Arche Noah Bastelbogen

1 Set enthält 10 Bastelbögen im Format DIN A2, 10x52 Aufsteller mit je zwei Tieren perforiert zum Abreißen, ISBN 3-583-50802-5

Jedes Kind erhält einen bunten Bastelbogen für das Schiff und 52 Tierpaare zum Anmalen und Aufstellen.

Tiki's ClipArts

CD-ROM, ISBN 3-532-63002-8

Gestalten wie ein Profi! Rund 600 original »Tiki-Vorlagen« zur individuellen Weiter- und Umgestaltung.